不被世俗左右充满好奇心
追求人生所爱不惜赞美
他人不忘自赏自爱优雅
洒脱有点坏

吴四海书

优雅老去

[日]渡边淳一 著

吴四海 译

青岛出版集团 | 青岛出版社

图书在版编目（CIP）数据

优雅老去 /（日）渡边淳一著；吴四海译. — 青岛：青岛出版社，2022.1
ISBN 978-7-5552-3048-9

Ⅰ.①优… Ⅱ.①渡… ②吴… Ⅲ.①随笔－作品集－日本－现代 Ⅳ.① I313.65

中国版本图书馆 CIP 数据核字（2021）第 207260 号

熟年革命 by 渡辺淳一
copyright:©2008 by 渡辺淳一
This edition arranged through OH INTERNATIONAL CO., LTD.
Simplified Chinese edition copyright:©2022 by Qingdao
Publishing House Co., Ltd.
All rights reserved.
简体中文版通过渡边淳一继承人经由 OH INTERNATIONAL 株式会社授权出版

山东省版权局著作权合同登记号 图字：15-2017-237 号

书　　名	优雅老去 YOUYA LAOQU
著　　者	[日]渡边淳一
译　　者	吴四海
出版发行	青岛出版社
社　　址	青岛市崂山区海尔路 182 号（266061）
本社网址	http://www.qdpub.com
书名题字	吴四海
策　　划	刘咏　杨成舜
责任编辑	杨成舜
特约编辑	初小燕
插画插图	今亮後聲 HOPESOUND 2580590616@qq.com ·张今亮　核漫
装帧设计	今亮後聲 HOPESOUND 2580590616@qq.com ·张今亮　核漫
印　　刷	青岛国彩印刷股份有限公司
出版日期	2022 年 1 月第 1 版　2022 年 1 月第 1 次印刷
开　　本	32 开（889mm×1194mm）
印　　张	6.25
字　　数	75 千
书　　号	ISBN 978-7-5552-3048-9
定　　价	59.00 元

编校印装质量、盗版监督服务电话　4006532017　0532-68068050
本书建议陈列类别：日本·畅销·随笔

渡边淳一与吴四海

译 序

优雅老去

在没认识渡边淳一先生之前,我好像从来没想过什么叫"老"。不知道怎么去老,也不明白如何老去。没时间去想,也没必要。那时我才五十岁不到,宏伟蓝图壮志未酬,根本不把"老"当回事儿。老是认为,那是退休以后七老八十才需要考虑的。

"一过五十，不要奢想如何活得精彩，而要设想如何死得漂亮。"这是我在主持电视节目《中日之桥》时采访他得到的一句回答，当时就发聋振聩，至今还萦绕耳际。倒不是因为自己恰巧年近五十，该"知天命"明事理知进退，而是他用如此简明通透的一句话点破了人生百年的终极秘诀，让我如梦初醒，醍醐灌顶。他还补了一句："退休前若不设计好退休后的生活，那么老后的日子会很无奈无趣的。"

一晃，又过去了十年。多亏渡边老先生的一番"老后早教"，我有幸在"六十耳顺"到来之前，已明确了"优雅老去"的目标：一手书法一手乒乓。小楷，已抄完五千字的老子的《道德经》和万字的孔子的《论语》，接下来是《孟子》。谁说十年后不会出现一个"当代王羲之"？乒乓，打到了上海业余级别最高水准新民晚报杯赛的亚军，目标剑指六十岁以上世界元老杯赛的冠军。一日不写字不自在，一日不乒乓不自爱，所谓"乐以忘忧，不知老之将至"的日子，渐入佳境。仰俯之间，以为陈迹。虽然渡边老先生已于七年前病逝，但我仍清晰记得他在患前列腺癌需要化疗时去看望他的情景。

"我是不是看起来很可怕？头发掉了，人变形了。"渡边先生以他一如既往老僧入定的姿态发问。"没有，脸色挺好。"我勉强应付。"你别掩饰了,从你惊讶的眼神中看出来了。"逃不过作家拥有敏锐洞察力的眼睛。告别前,渡边老先生宽慰我说:"我会活到老写到老的。要死,也不会死在病床上的。"回沪后致电,得知他拒绝了一切化疗手段,坦然回家了。

据说,渡边淳一是在书桌上去世的。手中,紧握一支笔……

活得精彩,死得漂亮!这难道不是"优雅老去"的初衷和愿景?!

吴四海
2021年于上海

目 录

译　　序　／　吴四海 01

第 一 章　／　001
优雅老去，爱到一百岁

第 二 章　／　015
享受退休，退休爱不休

第 三 章　／　025
健康，就要成为积极的"钝感人"

第 四 章　／　035
不断心跳，远离"失用性萎缩"

第五章 / 049
穿得漂亮，内心变年轻

第六章 / 069
恋爱，让我们更年轻

第七章 / 087
"肌肤相亲"带来神奇的活力

第八章 / 107
大胆爱，多赞美，彼此更快乐

第九章 / 125
男人再"花"也恋家,女人再"忍"也会走

第十章 / 137
男人比女人更脆弱

第十一章 / 151
熟年的性情优势

第十二章 / 161
对"上钩的猎物"也要多关心

出版后记 / 出版者181

优雅老去,once到一百岁

第一章

二十一世纪初,日本人的平均寿命,男性大概为七十九岁,女性为八十六岁。也就是说,退休之后还能再活二十年。但如何活好这段时间,极为重要。

人生最后十年、二十年的活法,是决定一个人这辈子是否活得精彩的关键所在。正因为如此,我们在活到五十多岁的时候,就必须认认真真地考虑"后五十"的活法问题了。

遗憾的是,大多数日本人都认为:老人就该有个老人的样——安安稳稳地过日子,深居简出。把年老简单地理解为退缩。

其实不然,年老,意味着可以更加随心所欲地享受生活。

在欧美旅行时,经常能够看到很多年长却时髦、潇洒又快活的老人。日本的老人也不该

示弱，应该更多地走出家门，好好享受自由的时间。

为此，必须首先改掉沿袭至今对老者的称呼，如老人、银发等。也许有人会不以为然：就算称呼变了，本质还是没变。但事情就是这样——称呼一改，心情就不一样了。自己变了，对方也就会自然而然地跟着变。

所以，我要大声疾呼：请将经历了漫长人生和岁月磨砺，心灵深处潜藏着光芒的人们称为——白金一代！

白金一代，虽不像黄金那样炫目，也不像白银那样素朴，但白金一代，是外在不花哨，内在有光彩。

那么，该把什么作为白金一代的座右铭呢？

在这里，我想到了白金一代的誓言：我们，不被世俗左右，充满好奇心，追求人生所爱；不惜赞美他人，不忘自赏自爱，优雅洒脱有点"坏"！

我想把它视为座右铭，作为新生活的起点。

从某种意义上讲，这是对以往老人形象的反叛，如果仅仅年老而终，那将是多么无趣的事情。与其如此，不如做个"与年龄不符"的人。

"与年龄不符"一说，在我另一部描写养老院老年人之间悲喜、情爱、性与死亡的小说《那又怎样》中，是个重要的短语。

假如八旬老太身着一袭红裙，多会被人嗤笑为"与年龄不符"；当七旬老翁恋上年轻姑娘，也会被子女或邻居横加干涉道："与年龄不符,别瞎折腾了!"

细想一下,"与年龄不符"的定论到底是谁下的呢?答案很简单,是世俗。

日本人的想法就是:只要保住面子便可高枕无忧。大家都衣着朴素,所以我也应该朴素。谁家有人去世了,要不要去守灵,要不要送奠仪,总是先看看身边的人怎么做,然后自己也跟着做——日本人早已习惯了这种横向看齐的思维方式。

但是,别搞错了,我们可不是为身边的婆婆妈妈、爷爷奶奶们活着的,我们是为自己而活的。如果一味地迎合世俗,那么迟早会失去个性,迷失自我。如果总是在意别人的眼光,也不知道为谁而活,就虚无地死去,那可就太遗憾了。

要活得"与年龄不符",首先得从年龄的束缚中解脱出来。

把"上了年纪,就该怎样"的禁锢抛到九霄云外,只要退休后不给人添麻烦,管别人怎么想,只要坚持走自己的路就好了。

不被世俗左右,充满好奇心,追求人生所爱;不惜赞美他人,不忘自赏自爱,优雅洒脱有点"坏"——讴歌人生最后的辉煌吧。怀着这样的心愿,我想将"白发一族"和五十岁以上的后备军们积极乐观的人生命名为"白金人生"。

想要讴歌"白金人生",首先要明白的一点是,我们已经迎来了一个工作、婚姻、男女关系均发生重大变革的时代。

中世纪、近代及二战前,日本基本上是男

性社会，男尊女卑的思想造就的纵向社会关系持续了很长一段时间。后来随着女权主义的抬头，女性的社会地位不断提高，女性在经济上也越来越独立。在不同行业、不同领域中，女性的想法和建议也越来越多地被接受，话语权日渐提高。甚至可以说，当下是男性社会向女性社会转型的时期。

在这种社会变迁的大环境下，男女的恋爱方式和价值取向也都发生了变化。可以说，对于这种变化，最感到困惑的，首先就是男人，特别是中老年男人。

要命的是，偏偏男人适应环境变化的能力颇有欠缺。男人尽管在完成各种大事之前，大多热情高涨，但是一旦大功告成，便开始安于现状、因循守旧，甚至刚愎自用，成了彻底的保守主义者、权威主义者。

相比而言，女人的想法和视角就同男人大不相同了。总的来说，就是女性的思想更加前卫，更具有革新性。

为什么这么说呢？理由是：女人在一生中，生理上会经历数次大的变化，因此体内就产生了所谓的革命性。

具体而言，首先，女性十来岁时迎来初潮，在恐慌中体验了"第一次革命"，接下来便是怀孕、生育，经历着男人根本无法想象的肉体上的巨变。随着每月经期的来去，女人的身体经历着暴风雨和艳阳天的交替洗礼，直至闭经，波澜万丈的革命才总算趋于平静。如此这般，富于变化的肉体给内心带来了大幅度的振动，想法和思维也理所当然地更加前卫和更具革新性。

再看看男人，从出生到死亡，体内如同刮

着匀速的海风,仅有强弱之差,并没有大的戏剧性变化。

像这样没有台风、地震侵袭的生理特征,决定了男性思维的固定化。虽说固定也有固定的优点,但如果凡事都认为"这样就行了"而墨守成规,就会形成思维定式,养成依从惯例的习性。因此,男人便开始削尖脑袋钻营社会地位,炫耀阅历,自然变得保守起来。

如果说男人是死火山的话,女人就是活火山。更何况,如今的社会结构与规范大多是男人们制定出来的,要打破这些必然会招致男人的抵触。对于女人来讲,由于规则不是自己制定的,便也谈不上依恋和执着,她们在不会被男人察觉到的范围内,柔软地应对着时代的变化。

在迎来时代巨大变革的同时,不可避免地

会出现男女社会分工的模糊化和价值观的多样化。为了适应这种变化，男人也应该向女性学习她们的"柔软术"。

所以，我要号召白金一代的男性诸君：起来，不要安于现状、得过且过，要顺应时代的潮流，不，有时还要引领潮流，实现自我变革，要乐于挑战、享受挑战。

为什么这么说呢?

理由是:

女人在一生中,

生理上会经历数次大的变化,

因此体内就产生了所谓的革命性。

享受退休，退休受不休

第二章

退休,对于一般的男人来讲,总不是件喜闻乐见的事,最好避而不谈。好不容易工作了大半辈子,突然有一天被传话:"辛苦你了,以后这里不需要你了。"——你说还有比这更不讲理的事吗?

从此,收入一下子少了,多出来的是大把的时间、困惑,还有不安。这在所难免,但是,不要把退休看得这么负面、这么悲观。既然避免不了,那为何不向前看,以更乐观积极的态度去正视它、迎接它呢?

在上一章《优雅老去,爱到一百岁》中也曾提到过,比起以寂寞、凄凉去定义退休,不如以此为转机,把它当作值得庆幸的全新生活的开始。

事实上,退休是一件美妙的事儿,因为从此便可以从所谓的社会伦理和企业行规的紧箍咒中彻底解脱出来。如此自由自在,岂需杞人忧天?

还有,一直被妻子或心上人反复追问而心慌意乱的你,现在再也不用去搪塞那个"我和工作哪个重要?"的问题了——"当然是你重要喽!"斩钉截铁地回答!

从今往后,再也无须为头大的工作烦恼操心,心爱的妻子任你整天细细端详,心上的女子任你每日穷追不舍;再也不用在事业与自我、事业与妻子之间做没完没了的"非此即彼"的无聊选择——要说开心,还有比这更开心的事儿吗?

毫无疑问,退休以后,时间是大把大把地有。只要一想到能花时间去做些什么,就感到无比快乐——好哇,可以好好云游四方,想钓鱼就钓鱼,想打高尔夫就打高尔夫。以前想搞却没时间搞的摄影、素描,还有围棋、象棋、作诗、养花等,现在一切皆有可能。

不止这些,还可以静下心来慢慢地求学——去心仪已久的高校,过过读书郎的瘾;也可以约上知己,细细长谈,弥补一下以前因工作紧张而留下的遗憾。

也许还有因没了官衔而感到不自在的人。但是,换个念头想一想,无官一身轻,反倒可以更坦诚、更亲密地与朋友深交了。说不定,退休后结识的新朋友、赢得的新友谊,又能为自己打开一个社交的新局面呢。

这样一来,在热衷于各类兴趣爱好的同时,有别于以往的"纵向交往",如今有了"横向交往"的朋友,还可能偶遇别样的乐趣和另类的价值观。

通过交游、交友,开拓了更多新的兴趣爱好,

结果家庭内部也鲜活起来了。

比如，过去对妻子的日常生活不闻不问，现在有了了解，而且也会倾听妻子和子女的心声了，说不定还会重新理解妻子的幽默，重新拾回和妻子交流的快乐感觉。

如此想来，退休并不是什么悲观的事儿。

退休后极有可能从作茧自缚的"纵向社会"以及上下分级的狭小圈子中彻底解放出来。这里需要再次强调的是：充满好奇心，积极乐观生活，无论做什么，永葆愉快心境，这是至关重要的。

退休后因少了贺年礼和卡片而失落的，还大有人在。其实那些虚情假意早该不要啦，那些远不如从退休后的横向人脉中得来的真心贺年卡有意义。再也不必拘泥于过去，只有向前看，积极乐观地生活，才能享受美好的人生第二春。

啊，好一个退休，总算让我等到啦。"我要好好享受退休生活！"——怀着这样愉快的心情，就等于和人生美好的第二春有个约会。

事实上,退休是一件美妙的事儿,因为从此便可以从所谓的社会伦理和企业行规的紧箍咒中彻底解脱出来。如此自由自在,岂需杞人忧天?

健康,就要成为积极的"钝感人"

第三章

何谓健康？如何去定义，各有各的说法。一言以蔽之，"全身的血液畅流无阻"就是健康，最通俗易懂。

血液起着为全身输送氧气和营养的作用。血液不流畅，输送不到的组织就会产生不同的变化。比如说，部分组织就会萎缩，产生溃疡，甚至坏死并脱落。

如此看来，不少疾病是由于血液滞留引起的。

全身的血管内壁附着有神经。换言之，神经就像血管的总监，调控着血管的舒张和收缩。

比如，突然听说某个亲友去世的消息，"啊！"的一声惊叫，脸色顿时变得惨白。这是由于震惊的心理信息传递给了神经，作用到了血管，血管收缩，一时血液不畅受抑制而引起的现象。

相反，剧烈运动时，血管舒张，满脸通红。

同样，盛夏酷暑，血管舒张是为了散热；数九寒冬，血管收缩是为了储存热能。

人体的内在调节功能，总是积极合理的。交感神经控制血管收缩，副交感神经控制血管舒张。两者合称自律神经。

综上所述，心理活动和精神状态在很大程度上左右着自律神经。当感到紧张、不快、不安等精神压力时，交感神经抢先启动，收缩血管，血流变慢。相反，当感到开心、爽快、轻松时，副交感神经起主导作用，血管舒张，血流顺畅。

这些感受在现实生活中，比比皆是：假如与一个讨厌的领导同桌喝酒，缘于紧张和不爽，反倒不会醉。但分手后，独自去熟悉的酒吧或是回到家里，一旦放松下来，醉意立刻袭来。

这是由于紧张使肠胃的血管收缩，酒精不能被很好地吸收。而一旦回到了熟悉的酒吧或是家里，心情一轻松，血管就舒张，肚子里的酒精一下子被吸收了。总而言之，放松能增强醉意。

最近常听闻有些做丈夫的，回到家里面对妻子时，喝酒反而会感到紧张——看来凡事并非回家就好办。实在紧张的话，不妨躲进浴室泡在浴缸里独饮，这也不失为上策。一个人逍遥自在、无所顾忌地泡在浴缸里，哼哼小曲儿，喝喝小酒儿，何乐而不为？

这下彻底放松了——全身暖和，血管张开，人就开始醉了。要是想喝点小酒独享醉意，这方法不错。但是，欲仙欲醉地躺在浴缸里起不来的事情也时有发生，千万小心噢。

不管怎样，身心愉快、放松自在，就会有利于血管舒张，血液循环就会畅通无阻；反之，难过别扭、烦躁郁闷，就会在一定程度上使血管收缩，血液循环就有可能受阻不畅。

只要了解这点，就知道什么状态对身体是有害的。

苦恼不安、郁闷烦躁等精神压力会压迫血管，使血液循环变慢，因此要极力避免。相反，快活阳光、乐观大度会使血管舒张，血液循环畅通——谁保持了这种状态，谁就掌握了健康的关键。

几次三番地建议大家要充满好奇心，怀着事事有趣的童心，尝试各种新鲜事物，也正是缘于此理。

但是，并不是所有人都能够保持快乐开朗的

心态。偶尔也会有人意志消沉、悲哀痛苦,无论怎么拼命工作,却还是会失败或招致领导的批评。

碰到这种情况,还是应该不要气馁,失败归失败,知道错了,就立即道一声"对不起",下一瞬即刻转向积极乐观的新开始。总之,尽早切换情绪,尽量忘掉厌烦,尽快想起愉快。

我在《钝感力》中强调的也正是这一点,要强化精神的钝感力。

对于白金一代而言,具备钝感力尤为重要。

要成为具有积极意义的"迟钝人"。矢志不渝地追求快乐、有趣的个人爱好,这样会使全身的血液循环畅通,保持身心健康。

事实上也是如此,开朗乐观的人,更加健康、有精神。

反之,总是阴沉、拘泥于琐事又神经质的人,不但容易得病,而且一旦病了,连康复也会变慢,寿命也会变短。

健康与否,与持何种心态息息相关——心态决定健康。

如此简单却重要的道理,切不可忘记。一旦遭遇不顺心,应立刻想起这句话。

虽然这么说,但也许有人还是会认为:即使长寿也没什么意思。千万别这么想。

健康长寿之人,不仅不会给别人添麻烦,而且,即使是寿终之日,也是在闭目休息两三天之后,像是睡着般安然地离去。

这才是真正不给任何人添麻烦的安乐死。

要成为具有积极意义的『迟钝人』。

矢志不渝地追求快乐、有趣的个人爱好,这样会使全身的血液循环畅通,保持身心健康。

不断心跳，还写"失用性萎缩"

第四章

有个医学术语，叫"失用性萎缩"。

它常用在整形外科领域。

手腕、大腿、小腿以及股关节等部位，出现骨折、关节发炎等，作为治疗手段，得绑上石膏，固定受伤部位。结果，大约一个月之后，绑石膏的部位就开始变得越来越细。

一般来说小腿骨折，完全康复需要两个月左右的时间，就算骨折部位康复了，其间因缺乏肌肉锻炼，小腿会细到难以想象的程度。用专业术语讲，这叫"失用性萎缩"。

像这样，肌肉不常锻炼的话就会萎缩，这还不仅仅限于四肢。

更值得注意的是，大脑若不经常使用，也会产生失用性萎缩。

大脑的失用性萎缩,不同于四肢的失用性萎缩,很难用肉眼识别,且容易被忽视。

这与很多体育锻炼、兴趣爱好都是相通的——长期不去接触的话,人的身体状态就会被还原到初始状态,久之患上"不动癖"。

年轻时我就常犯这毛病。一时心血来潮,发疯似的打麻将,也热衷于打棒球和高尔夫。后来迷恋电影,每周必看。痴迷歌舞伎和舞台剧时,又是所有演出一次不落地观看。但后来不知何故这些都被搁置了——时间一长,即使不打球不看戏,也没什么不对劲——得了"不动癖"。

人,归根到底是好懒怕动的,一旦停止运动,再动起来反而觉得麻烦,不运动也觉得无所谓了。

尽管如此,四肢变细一眼就能看出来。而

去掉石膏后,通过康复治疗和身体的恢复锻炼,即使本人不注意,肌肉也会很明显地恢复过来。

但是,"头脑不动癖"从外表看不出来,尤其是在没有强制性动脑的环境中生活,大脑机能会随着"不动癖"而逐渐退化。

特别是随着年龄的增长,更易形成好懒怕动的惰性,而且是愈好懒愈怕动。年龄越大,恢复功能也越差,直至作废。

失用性萎缩,也体现在恋爱中,准确地说,表现得更为明显。

年轻时,对异性充满好奇,性欲也强。看见美貌女子,立刻就想

套近乎,渴望建立更深的关系。

但随着年龄的增长,"算了吧,都这把年纪了,还谈恋爱,多难为情,还是过两天太平日子吧"的念头抑制着天性的欲望,最终就会选择放弃。

尤其是中年以后,不是工作太忙,就是担心单位里的议论和社会的舆论,根本不敢,也无暇去恋爱,久而久之,也就远离恋爱情感了。

一旦脑子里烙下"不能再谈恋爱了"或"不谈恋爱反而轻松"的自我暗示,就患上"不爱之症"了。见到美女,也无动于衷,擦肩而过。

这种状态持续下去,失去的不仅仅是恋爱情感,连兴奋激动的"心跳感觉"都会失去。"我不行了"的自我否定意识占据着大脑。

日复一日，大脑的失用性萎缩日益严重，且无法恢复。"就算现在对异性怀有好感，以后也不会有好结果"，这种消极意识先入为主，导致不美好的结局逐渐增多。

像这样，自我否定与残酷现实反复交替，形成负面循环，"不动癖"占据上风，最后只能是万念俱灰。

久而久之，生活变得无滋无味、无情无调，风华不再、干枯失色。

如果乍一看外表比实际年龄要老，定睛看时更像老爷爷、老婆婆的话，那么可以诊断，大脑的失用性萎缩症状是相当严重了。

要防止出现这种症状，该怎么办呢？最重要的，就是要顺从自己的天性本能，去倾听内心的真情实感："啊！是个好女子！""哇！是个好男人!"当这种想法出现时,就真诚地献上注目礼吧,然后对自己说:"有好感也不是错呀!"

不要先自我否定,一开始就否定的话,什么可能性都没有了。总之,永不言弃。保持着向前看的心态,不要像对待绑上石膏的大腿一样对待自己的大脑。

无论年纪有多大,都要用积极前瞻的心态看待异性,这本身就是一切生命力的源泉。如果对异性不但兴趣不减还津津乐道、有所追求的话,一定会有行得通的一天。不过,就算行不通,那也无妨,失败本是恋爱常事嘛!

如果一开始什么都不主动的话,那就什么都不会有。行不行,试试看,反正不会吃亏。哪怕只有一瞬间的激动心跳,那也赚了。

总之,千万不要抑制对异性情感的自然流露。

见到心仪的女性或是男性，要能够坦然地欣赏他们，然后主动上前搭话。不要给"好感"封上盖子，要对未来怀抱憧憬，放开心中乱撞的小鹿。

女性们，见到好男人的时候大胆地去憧憬、去接近吧。即便是高不可攀、可遇不可求，也可以珍藏他的照片，可以去观看他主演的电影或话剧，可以去疯狂……

如果什么都不想，就什么都没有。哪怕是留住一丝激动、一点心跳的感觉，那就算获益良多。

"平平淡淡"和"激动雀跃"的情感，有着天壤之别。

不轻言放弃，养成正面意义的"好感癖"，这种人看上去一定会比实际年龄年轻得多，给人一种积极主动、乐观向上的印象。有"好感癖"的人，会越活越年轻，越活越有魅力。

在这里澄清一下，能否"激动心跳"，不是以"实际是否谈成恋爱"的结果来判断的。哪怕是自己的情感还没传递到、还没被对方感受到，但只要保持追求的心，就足以使一个人显得更有魅力。

就像追赶夕阳的少年一样，明知不可能追上，但是少年奔跑的身姿是美丽的。同时，少年也正是被自己追赶落日的信念感动，才去追赶的。

总而言之，如果上了年纪，对样样事都嫌烦，无所事事地活着，那就太可惜了。这才是真正在虚度人生。

有所追求，不断"心跳"，青春便会永驻。再也没有比什么都不做更糟糕的事了。什么都去做，而做的过程本身便能促进身心健康，返老还童。

当你看到绑着石膏、手腿变细或是因长期不运动而体形变瘦的人，请好好地想一想吧：如果废弃不用，自己的大脑也会如此萎缩，自己也会失去积极乐观的心态。

尽力拆掉捆绑大脑的"石膏"，尽早恢复它本来的功能和作用吧。

一旦脑子里烙下『不能再谈恋爱了』或『不谈恋爱反而轻松』的自我暗示,就患上『不爱之症』了。

见到美女,也无动于衷,擦肩而过。

穿得漂亮，内心变年轻

第五章

以前去法国的卢瓦尔旅游时，在一家小餐馆里偶遇了一对令人印象深刻的夫妇。

夫妇俩看起来都八十来岁。男的较瘦，行走不便，拄着根拐杖，却头戴贝雷帽，身穿宽松夹克。女的稍胖，穿着鲜艳的花纹礼服，颈上的粗项链金光闪闪。

两人笑容可掬又亲切随和地与我们攀谈："你们从哪儿来？""祝你们旅途愉快啊！"

一下子，我被这对精神矍铄、光彩照人的老夫妇深深地打动了。

再仔细观察，发现尽管老人脸上布满了皱纹，但是他俩打扮考究又开朗乐观，时不时地含情对视，愉快地手握刀叉品尝着佳肴……这是一幅多么充满活力、多么令人愉悦的画面啊！

遗憾的是，在日本，很难看到如此洒脱、豁达的熟年夫妇。

日本老人给人的总体印象是灰暗、静寂。特别是男人，外出旅游的穿着也是朴素不起眼的，看起来更是老气横秋。

工作时，男人大多西装革履，着装被"社会工作服"代替。但是退休以后就不知道自己该穿什么好了。想去买衣服吧，只可惜从没买过，总选不到适合自己的款式；好容易看中买下了，又叹息：穿上它我该去哪儿呢？

很多人认为，反正退休了，无须抛头露面，穿着朴素简单一点就可以了。

不对！正是因为退休了，不再受谁的管束，可以自由支配退休后的人生了，就应该更好地享用时装。名片不用了，官衔没有了，这不正是我们白金一代利用时装来展现个性的最佳时机吗?

"人靠衣装马靠鞍"。连一匹马换上新鞍都会显得有精神,更何况人呢?只要外表打扮一下就能显得气质不凡。

这句谚语从正面肯定了:外在力,就是生产力。

"人靠衣装马靠鞍"——白金一代要想永葆青春,请务必时常想起这句话。

一个不争的事实是:人一旦考虑外在的改观,内心自然会随之改变。

日本的老观念根深蒂固：男人不看外表，看内在。内在战无不胜，才是真男人。

此话不假，内在太重要了。不过，外在也同样重要，甚至比内在还重要。

因为，要改变内在没有那么容易，需要毅力、修炼，要花时间。相比之下，外在的改观容易多了。而且，内在会随外在的改变而改变。

再怎么欢蹦乱跳的女孩，一旦和服套上身，就立刻收敛起来，显得文雅了。相反，无论多么羞答答的文静女孩，只要西装配西裤，马上显得活泼干练。

因"衣"而异——职业装就是这样。

画家，头顶贝雷帽，身披潇洒的风衣；旧时的日本文人，一袭和服打扮，坐在吧台边，一副忧郁的神情，像模像样的。衣装如此，连讲话好像也有说服力了。医生白大褂，法官黑制服，女秘书黑色套装——因"衣"而异，那种感觉就自然而然地体现出来了。

唯有天才，可以无为而治地发挥才干。但是对于凡夫俗子的我们来说，首先要在外表上下功夫。借助外在力，改变内在力。

白金这一代，生来不会取乐，所以只有靠外表来改变。

年轻人，清水出芙蓉，天然去雕饰。但是谁都有人老珠黄的一天，这时就有必要去"包装"一下。外表"年轻"了，内心也会随之"年轻"。

可千万别小看了这股可以引起"变心"的"变身"之力。乍看似乎是无谓的绕远，而实际

上,打扮是让内心走向年轻的最短路径。

那么,怎样才能使白金一代的穿着既潇洒又得体呢?

最省事、最快捷的办法,就是恋爱。爱能使人神气活现,变得年轻。

如同雄孔雀张开鲜艳的羽毛吸引雌孔雀一样,

男人一想到要去见喜爱的人,出于"想看上去更年轻""想被人夸奖"的私心,自然会去留意自己的外表,打扮一番。

哪怕不是谈恋爱,只要抱着"想看上去更年轻""想被人夸奖"的心态,白金一代同样也能打扮得风度翩翩。

这里要强调的是:要有意识地在意别人的视线。刚刚出道还略显土气的女演员,一旦成为明星后,就变得越来越漂亮,这是她因在意周围人的视线而提起了精神的缘故。白金一代,是不能忘记自我欣赏的,在意"被人注视"比任何"回春药"更能使人年轻。

要想"被人注视",该怎么办呢?最简单有效的方法就是穿着鲜艳。六十岁男人穿上鲜红衬衫,肯定引人注目。

要改变外表又不知如何着手的人也没必要烦恼。开始时，试着穿上一件从不敢穿的鲜艳服装，然后带着爱妻下馆子，这样一来，朴实的一天就变成华丽的一天了，原先懒得去的旅行，现在也想去了。

有意识地去选衣服，自然会对别人的穿着感兴趣。这样，和别人的话题多了，就能够建立起无关上下级关系和社会地位的新型人际关系。

说不定还会有令人心跳的艳遇。

我家附近就住着一位出色的白金女性。她尽管年过八十，却仍然穿着艳丽，而且搭配很得体。

记得有回在街上相遇，闲聊时她说："我这老太，就是喜欢穿着艳丽，还真有些害羞……"的确是大实话，当时她穿的那条连衣裙色彩太过艳丽了,明显和那张脸不协调。

但转而一想,向往年轻的心态是美丽的,我当即赞扬她说:"很适合你哦!"

打那以后,只要在路上撞见,我都会赞美她的装束。于是,不可思议的是,原本"与年龄不符"的装束变得越来越适合她了,整个人都焕发着光彩和年轻的气息。

由此可见,语言的力量不可小觑。

只是,在有人这样勇于改变外表的同时,总会有人站出来阻碍。

那是家人和周围熟悉的人。

"都这把年纪了,还这身打扮出门,丢人现眼!"儿孙们说不定会皱起眉头。邻居们可能也会在背后议论:"也不想想年龄,还好意思打扮成那样。"

不过,不必害怕成为别人眼里的另类。一下子改变了穿衣风格,没看习惯的人会感到"不配"和异样,这是理所当然的。

无论是谁,一开始都不习惯崭新的事物。只要敢于不妥协地穿,服装就会自然而然地贴合你、配合你——这就叫穿着得体。

要是当真招人白眼了,那要恭喜你,因为你已经向白金一代的潇洒又迈进一步了。

相反，要是为了息事宁人而穿着别人眼中所谓"与年龄相符"的服装，那就没戏了，任何新鲜的改变都不会发生了。

的确，如果安分守己适龄养老，便可无风无浪地过太平日子。但这样，人生便没有光彩，白金年华便得不到讴歌。

"到了这把年纪，就必须穿着符合年纪的衣服"——千万别框死自己。衣服配与不配，千万别去多想。只要自己喜欢，管他左邻右舍什么"丢人现眼""与年龄不符"的废话。

不畏缩不羞怯，我行我素穿"与年龄不符"的服装，以"年龄不符"为荣，彻底粉碎"适龄适当"的陈旧框架，充分展现自我。

据悉，2008年，日本国内的个人金融总资产已达一千四百兆日元。特别是六十岁以上白金一代的个人金融平均资产超过了两千万日元。相比之下,三四十岁的人,贷款负债很多,能自由支配的资金不是很多。

白金一代拥有包括退休金在内的可观资产,但问题在于,这一代人基本上不会用钱。

那么,钱都用来干什么呢?不是压床底,就是存进银行,死钱一堆。结果,货币流通缓慢,市场消费冷淡,成为导致日本经济萧条的一个要因。

日本的中老年夫妇外出,基本上不光顾高消费场所。做丈夫的,想的是:反正老夫老妻了,去"家庭型餐厅"就足够了。做妻子的,要是去了稍稍高档的餐厅,看到蔬菜沙拉要价一千日元,立刻拉长脸:家里做便宜多了,还是回家吃吧。

为什么白金一代的生活如此节俭,如此偏爱储蓄呢?

问其缘由。"为了养老啊!"人人都这么回答。

没错,养老是需要一定钱财的。

但若为了养老而养老地存钱,岂不是太空虚了吗?直到有一天突然醒悟:银行存款不少,身子却动弹不了了。

日本的超级百岁老人"金银"姐妹俩,也曾对记者"上电视赚的演出费怎么花啊?"的问题做出"留作养老"的回答。真是可惜。

人老窝在家,

手捧存折数数字,岁月独飞逝。

如此人生,无滋无味、无聊无情。仅仅剩下有钱有财,毫无意义。岂止如此,那钱财遗产极有可能成为引发子女们为继承争夺而反目成仇的种子。

钱,本来就无须留给孩子。真正应该留给孩子的,是良好的教育、教养和丰富的感性。

想一想,身后留下的金钱和其他资产,总有一天会被人拿走,还有可能成为子女间为分割遗产而相互斗争的祸根。但是教育、教养这种心灵遗产,就算家里小偷进门,也不会被拿走。

白金一代,应该从正面的意义

去积极地理解享乐主义和玩乐主义。

一过六十,外华内实。下决心,彻底打扮,彻底享受。自己挣来的钱自己去花费——这种思想上的革命才是白金一代应该追求的。

以前,有一位魅力十足的女性叫大屋政子,她总是穿着大胆、"与年龄不符"的时装令人大跌眼镜。说得难听点,就像在大街上招徕卖艺的。但有意思的是,见怪不怪地看惯了,后来反倒觉得顺眼,甚至她一上电视我就爱看。

后来不知何故,电视里的她穿得比以前朴素多了。"到底发生了什么事呢?"我还在纳闷的时候,便听说大屋去世了。

从这件事上也可以看出,"与年龄不符"的时装打扮也是生命力旺盛的表现。换句话说,要想坚持我行我"穿",坚持引人注目,没有相应的体能和毅力是办不到的。

这也是"与年龄不符"之人总是活得很有光彩的原因所在。

老是想着"一把年纪了",把自己关在家里,很快就会老去。不如用"与年龄不符"的服装好好地打扮一下自己,让身心都神气活现起来,让日子光鲜亮丽起来!

最省事、最快捷的办法,就是恋爱。爱能使人神气活现,变得年轻。

恋爱，让我们更年轻

第六章

一般说来,男人一到中老年,年龄越大越固执,越不想改变自己。来自底层的好建议不愿意听,总是固执己见、自以为是,并执意要把自己的想法和做法正当化。其实,这正说明了年龄增长会使思考失去弹性。

他们的人际关系、企业模式,都无法轻易地随着时代的变化而变化,也可以说是他们不愿意变化。家庭主妇也好,熟练女工也好,有时都会自命不凡:我都这样做到现在了,这样做准没错。

但是年轻人、下属们可不这么想。

虽说年轻人的想法不一定都是正确的,但是他们会随着时代,随着前后左右的处境,以及上下级关系、人际交往,甚至企业模式、企业环境等,时刻改变自己。因此,作为白金一代的我们,不反省自己,不顺应变化,不与时俱进，是不行的。

那么，到底怎么做才会变化呢？最行之有效的方法还是恋爱。恋爱体验是很能改变一个人的。

假如有位男领导，不管下属怎么申述要求改进方案，他就是不改——"就这么定了，按既定方案办。"——因为即使不改，眼下也不会有什么大麻烦。

但是一谈恋爱，情况就大不相同了。恋爱关系不同于工作关系，是一对一平等的个人关系。

"哎哟，我不喜欢这样，你别……""我喜欢你这样……"等等，她的想法和希望再多，你也要听。在恋爱中，男女的意见是平等的。

为了维护和她的关系，怎么妥协，妥协多少，如何反驳，如何接受，男人少不了要精心细致地思量。在这种情况下，要是拿出在单位里的臭脾气，像对下属发号施令般对待她的话，那肯定要被甩了。

为了留住她，他会改变一点自己，迎合一下对方。她也一样，为了钟情的他，会有求必应。恋爱中的男女，懂得换位思考，彼此改进。

人，通过恋爱改变自己是最容易的，也是最服帖的。

恋爱中的男女，较恋爱之前，都会发现自己变化很大。

由此可见，改变绝不是做减法。在单位里，善于听取别人的意见，勤于思考，慢慢地就会体会到倾听的喜悦和乐趣了。

在单位里，人们的注意力老是集中在上下等级、官衔大小的人际关系上。但是，一旦谈了情说了爱，明白为了爱要去谅解和宽容，其结果，自己也改变了。

如此看来，这与年龄无关，只要谁还能恋爱，谁就具备了变革的可能。

因为喜欢一个人、爱上一个人，自己也改变了，这是多么美好的事情啊！因为追求自己所爱，自己精神焕发、神采奕奕，还能实现自我变革，这难道不是一石二鸟的美事吗？

直说吧，董事长也好，总经理也好，管理干部也好，更应该好好地去恋爱。有了钟情的人，自然会去听取对方的想法，拓宽自己看问题的视野，丰富自己想问题的方式——因为能够将对方的视角和自己的视角重合起来，形成"复眼视角"。

常在婚礼上听到这样的话："迄今为止，我是以一个人的眼光看世界的，从今往后，因为要以夫妻俩的眼光去看世界，所以，人生的前景看得更清楚了。"很有道理。不过好像在现实生活中，两人结婚之后并没有结合成复眼视角，各看各的情况也不少。

无论如何，要想在现代社会中生存下去，就必须具备读懂他人及恋人心思的软实力。

就像男人会感知女人的需求一样，女性也能体会到男人的念头和诉求——这就是拥有复眼视角的表现。

从这个意义上来讲，老板、老总们，应通过

恋爱，培养自己的复眼视角。特别是男性经营者，听取员工的意见是理所当然的，而恋爱对象的意见会更加直白、更加随意。也正因为如此，新的想法也更容易被激发出来。

关于这点，举个实例：位于品川的某个饭店，进出的客人一直很多，不仅仅是因为地段好、住宿费便宜，更重要的原因是，这里有座位舒服、环境时尚的电影院，还有保龄球馆、水族馆，经常举办各类表演，还有价廉物美的饮食。像这样设施齐全、功能完善的饭店是不多见的。照理，饭店只需提供基本的住宿服务，这里却成了人们消遣娱乐的场所。

我想，这不会是一位老年经营者的点子，一定是采纳了许多人的想法。比如，要改变饭店太过高级、令普通人望而却步的印象。比如，要让拖老带小的人和单身女子都喜欢。哪怕是走过路过，临时决定住宿，也要让每一个人都舒舒服服的——这大概就是饭店运营的目标。

事实上，单身男人很难去了解单身女性或携带家眷的顾客们的诉求。男人，在饭店安顿下来以后大多会走出大门东瞧瞧西看看，享受一下夜幕低垂的景象。但是，单身女性就不同了。人生地不熟的，如果一位女性不必出饭店大门就能享受住宿的快乐，那她一定会对饭店印象深刻。

暂且不去猜测饭店的老板是否在谈恋爱，反正仅仅靠男人的想法是不太可能达成这些的。一定是采纳了女人和孩子们的点子和想法才造就了如此魅力十足的饭店。

在男人那里得不到的欲求和感性，或者在女人那里想不到的点子和策划，因为恋爱，因为身边有个心上人，自然就会产生出来。

留意身边还有件外套。

"喂,你也不帮我把外套挂起来!"我刚想小声说她一句,就立刻打住。我在想:或许眼前的这位女子还没习惯替男人挂外套,或许她不是做这种事的人……

交情深了的女子,自然会那么做,这是我的一厢情愿。实际上,也有不那么做的女子。当认识到这点时,我惊喜:又有了新体验。

从此,我明白:凡是和年轻女子旅游,外套必须自己挂。从那以后,我就自己动手了。

这些鸡毛蒜皮的小事,不足挂齿,却是实现自我革命的一个小插曲。

这样说来,还是跟知心知肺的妻子一起旅游,压力会少点,心情定会舒服。

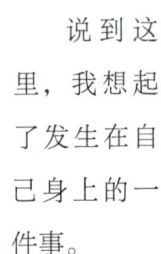

说到这里,我想起了发生在自己身上的一件事。

有一次,我带着女友外出旅游。进了旅馆的房间,"啊,景色太美了!""哇,这间房真不错!"我只管欣赏,脱下外套往床上一扔,便去了洗手间。等回到房间一看,我发现我的外套还趴在床上。

咦,要是我以前的女友(和她相比,成熟很多)的话,早就把那外套挂到衣架上了。

可是她正忙于整理自己的行李,压根儿就没

如果真是这样，那就谢天谢地了。但是，和不熟的人到陌生的地方去旅行时，你常会反思"啊，原来这样是行不通的呀"，由此会产生新的发现和惊喜——曾经帮我挂外套的那个女子是多么温柔，感激之情油然而生……

接下来，更愿意实现自我革命，更愿意去面对新的挑战。

把这些事都当作趣事去做，这也是不经过恋爱便无法知晓的魅力。

恋爱实现自我革命——迄今为止谈到的都是精神层面的变革，其实恋爱，更能使身体产生变化。

恋爱，能使女性的容颜焕发青春光泽，变得更加美丽。

恋爱中的女人，谁都能真实感受到恋爱带来的变化，不仅是自己，连周围的人都能感觉到。"最近你好像挺滋润的，很漂亮啊！"——说明体内产生革命了。

男人也一样，在追求女人的时候，自然就会变得年轻。而且，在想要得到芳心、花心思用感情时，男人的肌肤也会光鲜起来——男性体内的荷尔蒙被激活了。

恋爱，引发了大脑革命，引发了身体革命，引发了思维革命。

"上帝"创造男女是为了让他们相爱。然而上帝偏偏创造了差异如此之大的男女，这是为了彼此不懈追求，为了繁衍无尽的后代。

"上帝"更是赋予了我们只要相爱，不论年龄有多大都能使肉体和精神焕发活力的可能。

变化、求变，无论是对于个体，对于组织，还有对于生命延续都是极其重要的。

十九世纪，英国生物学家查尔斯·达尔文环游了加拉帕戈斯群岛，并提出了进化论。其中有这么一段话：能够在这个世界上存活下来的生物，并非都是强大的，也并非都是聪明的。那些具备适应各个时期环境变化能力的生物，才有可能存活下来。

对于现代人而言，这是一句富有启示性的经典语录。十九世纪中叶，对动植物生态进行了大量研究的达尔文告诫我们：适时而变，适者生存才是硬道理。

相反，不会变的生物将会灭亡。不仅对于其他生物是如此，对每一个独立的人，对一个企业的生存和事业的延续，这都是警世良言。

恋爱，使变化、变革易如反掌。也许，能够存活至今的所有物种，所有充满生机的个体，包括人和动物，都经历过一场美妙的恋爱。

恋爱,能使女性的容颜焕发青春光泽,变得更加美丽。

"肌肤相亲"带来神奇的活力

第七章

这是很久以前的事了。不知大家是否记得，曾我瞳女士与被滞留在朝鲜的丈夫简金斯重逢时的情景。

地点在印度尼西亚首都雅加达郊外的机场。望眼欲穿，焦急地等待着亲人从飞机舷梯上走下来的曾我女士，没等丈夫双脚着地，就狂奔过去紧紧抱住丈夫，全身心地热吻上去。

略显发福的曾我女士是搂抱着弱不禁风的丈夫亲吻的。许是用力过猛，简金斯不由自主地跟跄倒退了几步，然而曾我女士的嘴唇紧紧贴着不放，就像是天塌下来，也绝不想分开似的。

面对这个世纪之吻，有人惊讶，有人惊叹，也有人惊呼不文雅……各种说法，莫衷一是。

目睹曾我女士世纪之吻的我，是赞赏加敬佩。

经历了千辛万苦，时隔一年零九个月的重逢，那一刻的冲动，激烈拥吻在情理之中，不行不为反倒是不自然的。

总的来说，中老年男人都不太开放。对于曾我女士的表现，认为"不成体统""没有日本女人的样"，明确表示看不顺眼的，也大有人在。

从这件事上也可以看出："肌肤相亲"，日本人做不来，也看不惯。

即便是与亲友的久别重逢，也不把感情直接表现在行动上，最多就是点头示意一下。不用说不会拥抱，甚至连手都不握一下。

"大庭广众之下，卿卿我我的，成何体统！"这种想法现在还很有生命力，正是"肌肤相亲"不被接受的最好佐证。否认率真的情感表白，这是尚武社会遗留下来的陋习。

长期统治着日本的男性社会伦理,把"武士口中无米饭,照样嘴里叼牙签"[1]视为美。

长期抑制自己的欲望,讲究外表,图体面,把情爱和性爱视作卑贱的"暗箱操作"。

于是,表面上极力宣扬禁欲,但实际上这种欲望和愿望徒增,结果是在暗地里偷偷摸摸,搞成一副见不得人的样子。这种具有两面性的习惯一直延续至今,并且还在继续。

但是,女人在骨子里才不会像男人那样为摆功架而活受罪。喜欢就喜欢,想见面就见面,无所顾忌。

说到底,日本女人的所谓"女性化",其中

---

[1] 日本民间谚语,意为即使穷困,武士也会以高姿态安于清贫,注重体面。

大部分只不过是被男人们强迫出来的假象而已。

不论东方还是西方,女性本身就是性情奔放的。曾我女士的鲜明表现,正是女人的真实写照,而且魅力无穷。

再也没有比忠实于自己的情感更重要的了,真心希望白金一代能保持住这种自然的感情流露。

尝遍人生酸甜苦辣,冲破世间千难万险,如今无事一身轻的白金一代,更应该大胆而忠实地表露自己的感情。

在欧美社会,尤其是在法国、意大利等国度,男女相爱,天经地义。

爱情,比工作和吃饭更重要——在历经几个世纪取得公民权的当今社会,爱语和爱吻极和谐地被接受了。

　　这与年老无关。

　　在欧美，熟年夫妇感情和睦地携手漫步、相拥相吻是家常便饭。

　　日本老年人比欧美老年人看上去苍老，显得孤寂，正是因为他们缺少这种肌肤相亲。

　　重视这种相拥的触感，白金一代就一定能显得年轻开朗。

　　当然，要一下子改变常年的习惯不那么容易。连"肌肤相亲"都还没体验过的人，要在大庭广众之下"拥抱热吻"，是需要勇气的。

去欧美旅行一段时间后回到日本,时常会感到不习惯。当然并不是因为什么政治、经济上的国家大事,而是因为身边极其平常的小事,那便是——女士优先。

我们不妨先尝试一下"女士优先"的做法吧。

比如,乘坐电梯或轿车,总让女士优先上下。上楼梯时,上前一步,伸手扶一把。又如走进餐厅,先帮女士脱去外套,再让女士坐在背靠里、面朝外的上座,自己坐在靠外侧的下座。

欧美的男士,不管年长还是年轻,都很自然地遵守"女士优先"的做法。习惯了这种情景再回日本一看，日本男人的行为实在是太傲慢、太冷淡。

"女士优先"原本是欧美的习俗，日本没有这种礼仪。

"所以就没必要遵守啊。"不少日本男人这么想。还有人觉得，在国外的时候尚且应付一下，算是"入乡随俗"，而一旦回国，就不用再考虑"女士优先"了。

同样，日本女性也认为，在国外时自己可以享受"优先"，只要回了国，"女士优先"就结束了，便主动放弃。

如此这般，男人女人都被老旧观念禁锢，处处别扭不自在，"女士优先"也就行不通了。

对于在男尊女卑的习俗礼仪中成长起来的日

本男人而言，女人就是应该退半步跟在男人后面的。男人主动伸手，是"不像男人"的"羞耻"行为，不可取。

也有人认为，与欧美不同，日本有自己独特的习俗和感性。

但这只是程度上的问题。

"知耻之精神，是日本的文化，所以才孕育出日本男人。"这仅仅是岛国的狭隘理论，在国际社会是行不通的。

这种男女间的"淡泊"，乍一看好像很男人，但实际上，恰恰稀释了人与人之间的接触感，冲淡了人与人之间的情谊关系。

说实话，我也对"女士优先"感到过棘手。从前，应该是很久以前了，曾与一位从英国回来的女子有交往，起初也是因为不知道欧美礼仪而出了不少洋相。

终于有一天，她直截了当地对我说："你的确时刻想到'女士优先'，可是在付出行动之前想得太多了——女士比我年长还是年幼？是女士还是女孩？然而，所谓礼仪，并不是有意识地想好了之后再付诸行动的。"

此话一出，果真有理。

我是太有意识地对待"女士优先"了。面对贵妇人，还算是尽心尽责。但是对"非贵妇人"，我就"偷工减料"了。

我微微点头表示认同，她又开讲了：

"在欧美，从小受的教育就是'男人只要一见到女人，不用考虑，就是女士优先'。根本不用去考虑对方的身份和地位,是'不用心'而为的事情。"

"不用心"一说,很有说服力,我非常赞同。

不管女士是何身份,是贵夫人还是小女孩,根本不该考虑那么多。遇见女性,礼让一步,是不需要判断和思考的,像"条件反射"一样,这是"女士优先"的根本。

观念一转变,"女士优先"之于我,就不再是件麻烦事,做起来也就很贴切自然了。

从这一点就可以看出,日本男人做不好"女士优先",是对女方的身份和地位考虑过多,太拘泥于社会地位。其实,根本不必如此"用心",遇见女性就做的话,事情就会变得很简单。

总之,"不用心"地礼让女士,是重要启示。

这正是"肌肤相亲"的第一步。

习惯了"女士优先",再试试握手礼。

身体的接触,绝不是什么别有用心。这是了解对方、体恤对方的最好开始。

在欧盟首脑会议上,各国首脑互相拥抱、握手的情景,随处可见。

可见在欧美,男人之间都不忘"肌肤相亲"。

这是为什么呢?

因为通过身体的接触,可以获取很多信息——彼此的骨骼、肌肤的质感、体温、气味……通过身体接触,肉体可以获取更深层次的、超乎语言表达的感受和感知。"以一当十",

一次身体接触，胜过十句感言。此外，更不可忽视身体接触带来的精神影响。

年长体衰的原因，不仅是体力的下降，正如"病由心生"所说——心中的寂寞使精神得不到安定，也会给身体带来不良的影响。

能够把我们从孤独寂寞中拯救出来的，就是"肌肤相亲"。

去看一下恋爱中的老年人就明白了——他们个个都很健康。因为心中有张力，两人牵手扶持保持接触，相互抚摸背脊，不断加深着"肌肤之亲"。

身体接触带来的兴奋愉悦感，刺激了皮肤的毛细血管，使血液畅流无阻。其实大部分病患的根源，都在于血液的滞流。血流畅通是健康的基础。血流畅通了，便会肌肤润滑，容光焕发。

加之,上了年纪之后,所患的大多是心理上的疾病。安心感、信赖感、爱情感,有助于身体的疾病不治而愈。

事实上,对身体来讲,没有比彼此信赖的男女间的"肌肤相亲"更愉快、更有益的事情了。

我曾经到一所养老院做调查采访,那里就积极鼓励那些互相爱慕的男女生活在一起。

结果,同居之后,两人都气色红润,充满活力,精神很好。

问及缘由,也没什么性行为,只不过是睡觉之前相互抚摸一下,手牵手地睡觉而已。

肌肤相亲的那份安心和温存,可以改善高血压和糖尿病的症状。也有人说对于治愈腰痛有帮助。

以手抚摸肌肤——"抚疗",有些时候就是最好的治疗手段。

白金一代,要积极提倡"肌肤相亲"——因为这是最简单,也是最深奥,不需要任何语言的交流方式。

那么,怎样才能养成这种习惯呢?

这和"女士优先"的道理是一样的。

接近对方,"不用心"地伸出手,等对方回应也伸出手后,紧紧握住,这就行了。

女人很少主动伸手,所以男人应该主动创造接触的机会。

我也一样,在各种聚会——后援会、签名会,只要是在聚会上,我都留意主动与人握手。

有时，也会碰到有人因为害羞而不敢回应我握手的好意。

但对方绝不会反感。伸出手，表示轻叩对方的心扉。第一次对方可能会踌躇，等到下次相逢就会主动打开自己的心扉了。

当然，握手的习惯并不只限于男女之间。在各种聚会上，握手也能结交新朋友。

中老年男人，惯于和熟人交往，和陌生人就不积极主动了。

是因为丧失了好奇心才老的，还是因为老了才丧失了好奇心？

总之，越是上了年纪，就越嫌烦，越想回避不熟悉的人和事。

但这样做，只会徒增孤立与寂寞。

为了避免这种情况，与其等待对方接近，不如尝试积极主动地和对方进行交流。

一开始，不知道该说些什么，只要伸出手就可以了。一旦握上手，新的世界也就打开了。

养成这种习惯，进一步的交往自然就开始了。

比如，握着手聊一些有趣的、开心的话题。只要能接触到对方，自然而然会在聊天的过程中把表达好感的信息传递给对方。

最最重要的，还是要忠实地表达自己的感情。

真诚，是最具人情味的。真诚地接触对方，轻轻叩响心扉……魅力十足的白金一代，从今天开始，真诚地伸出你的手吧！

经历了千辛万苦,
时隔一年零九个月的重逢,
那一刻的冲动,
激烈拥吻在情理之中,
不行不为反倒是不自然的。

大胆露，多赞美，彼此更快乐

第八章

"巧言令色，鲜矣仁。"从古至今，男人沉默不语，被视为最大的美德。

在过去，就像那句流行的广告语——"男人无语话啤酒"一样，沉默不语曾被认为是酷男人的招牌。充满理性，善于控制自我情感的男人，被看作是真男人。相反，花言巧语，整天追在女人屁股后面的，被视为"坏男人"，被人瞧不起。

但是，在多年后，这种男性美学彻底崩溃了。

"沉默是金，雄辩是银"已成过去，现在是"雄辩是金"。好男人的鉴别条款里导入了新的评价基准——能否让女人身心愉悦。

于是，花言巧语已不再是什么坏事了，而是丈量一个好男人的重要标杆。

善于赞美和取悦女人,并不一定就是哄骗。讨好女人、说爱谈情,性欲上又能满足女人的,才是可爱的、性感的好男人。

"我喜欢那样的男人",现代女性已经能够毫无忌讳地表达自己的所爱。女人一旦拥有了社会地位和经济实力,有钱男人已不再是唯一的选择。不要求太高的社会地位,只要是能让自己身心愉悦的男人,只要是在一起就能快乐的男人……女人掂量男人的标准改变了。

过去被贴上"坏男人"标签的,现在以其"温柔、善解人意"而备受青睐;相反,往日沉默不语的"酷男人",如今身价大跌——"闷盒子一个,没趣不好玩"。

日本男人大多不善言辞,但仍然痴心妄想、一厢情愿——女人会看上我们的。

其实,这样的男人,已经落市没人要了。

那么,如何才能拥有魔力活现的说爱技巧呢?

胆小、不大方又畏畏缩缩的日本男人常想:"说什么话能让对方开心呢?""说这话是否太虚情假意?"但这种"正向思维"无济于事。还不如丢掉"羞耻心",直截了当地赞美女人。

所谓说爱技巧,就是"不用心"地直言表白。千万不要以为简单的一句"你长得真漂亮"就是对女性的赞美。笨嘴拙舌的人,总以为一见到女人就必须先赞美她的脸长得有多美。其实,纯粹因貌美而被誉为美女的,不多。

如果觉得赞扬貌美太直白,你也可以赞美她的发型、肌肤,实在不行,就把注意力集中到装束和饰品上。她总会有一处亮点、美点值得赞美。关键是,要把女人的美点尽快地说出口。

实在连这点都说不出口的人,不妨发发手机短信。

是的,想取悦女人,起码应该带一部手机。不要嫌发短信烦,还要时不时地发一些图文。老男人的这份可爱,很讨女人欢心。

取悦女性、让女性身心快乐,最先倡导也最得要领的是欧洲人。

特别是拉丁美洲的男子,他们从小受到的教育就是对于情爱和性爱的忠实和感悟,耳濡目染地养成了赞美和取悦女性的习惯。

但是,不要忘了日本也有很好的典范。读读一千多年前的《源氏物语》,就知道上品的好色,是上流社会的教养之一。

淋漓尽致地描写男女真情的《源氏物语》，其中源氏的出众说爱，完全无愧为当今社会的恋爱读本。

比如《寻木》一卷。

源氏为避难而寄身于某大户人家。一日，透过纸门，偶见大户人家的续弦空蝉正与一童子对话，其音其行，美哉善哉。源氏神魂颠倒，不能自已……他悄悄潜入空蝉卧室，把满心的爱一股脑儿地全都倾诉出来：

"或许，这太唐突冒昧，欠缺文质彬彬。其实，我早就对你倾心，为了能够表白真情，我苦苦等待至今，请别把我，视为拈花惹草之徒。"

源氏的急中生智、信口开河，绝对是精妙的大胆求爱。面对迟疑的空蝉，源氏继续倾诉爱慕之情。是的，男人一旦决定说爱，必须一气呵成，千万别摆谱，拿腔拿调的。半途一犹豫，那就扫"性"了——像没了气的啤酒。

半是被迫半是无奈地被抱进卧室的空蝉，仍旧不从："在下卑微低贱，岂敢有非分之想。"源氏毫不放松：

"为何如此回避胆怯？既然天赐良机，必是前世有缘，今日连理结。不食人间烟火，只有空悲切。"

"前世有缘"纯属瞎编，想到哪儿编到哪儿。

但是这对女人是见效的。被源氏逼到这地步，已无法逃身的空蝉，面对既成事实，只能以身相许……

源氏的巧妙还在于，忠实地把女人的"借口"——全都因为你的强迫任性——全部揽下，勇担"坏人"的角色:是的,强迫任性,"坏"的都是我。

空蝉心中有了底,安心地倒在源氏的臂弯里闭上了眼睛。

源氏那时才十七岁。稀世之人才,罕见之口才。能修得如此,非一朝一夕之功。不过,《帚木》中的这段说爱技巧,值得借鉴。无论实话虚话,先大胆地说出口——从前如此,今天更应如此。

源氏的例子告诉我们,恋爱少不了说爱。有时,说爱并不只限于恋爱。夫妻子女、同性朋友等所有人际关系中,说爱都起着关键性的作用,还能促进相互之间愉悦的感情交流,促使对方心情舒畅。

当然它还能缓解说话时的紧张气氛。

列举了那么多说爱的重要性,并不意味着说爱等于爱说。

说爱之前要把女人的情感吸引到自己一方。像源氏这样有头有脸有身份的人暂且不论,大多数的熟年老人并没有如此的地位和财力,所以要让女人对你的话感兴趣,不容易。

要让对方产生兴趣,让对方想亲近自己,更不容易。

这里要提请注意的,就是千万不要讲述自己,特别是自命不凡的过去。

一退休,没了名片,没了官衔,寂寞难耐,就会更加在意过去的官衔地位和干过的"丰功伟绩"。

而所有人,特别是年轻人,都讨厌听老人

讲述过去，尤其是自以为得意扬扬的话题。他们一听到这些，就会立刻起身走人。将心比心，正如同你一听到别人夸夸其谈就会扫兴一样。

哪怕讲错话，也绝不自命不凡、自吹自擂。其实到底是不是"不凡"，交往之后自然明白。

倒不如讲一些失败的经验和一些做过的糊涂蠢事，这样反而会让大家有好感，觉得这老头可爱风趣。

是的，这个"可爱风趣"太重要了，白金一代所有的恋与爱，都从此开始。

日本自古以来有一种"言灵信仰"，信的就是言语的威力。仅仅美言一句"你真出色啊"，就足以使一个女人改变，使她走入新生。

我自己也是一个被言语改变的人。

中学一年级的时候，语文课上，老师要求以词的形式，用三十一个文字忠实地表达出内心的感受。

我信手写了一首，谁知竟得到了老师的表扬，惊喜之余，便爱上语文了。越爱，写得越好，就越能受到表扬。受到表扬，激发了我对文学的浓厚热情，越表扬就越努力了。

我曾经问过一位私交很好的名画家："为什么想当画家？"他回答："并没有什么特殊的理由。"只是因为上小学的时候，邻居老奶奶来串门，临走时看了一眼他的画，表扬了一句："画得很好啊！"高兴得要死的他，于是又拼命画画，又得到表扬。既然得到表扬了，就再努力画吧，结果越努力越受到表扬，越受到表扬越努力，从而就越画越好。

到了初中,美术老师也表扬他说:"画得真好!""就这样在赞美声中循环往复,不知不觉地竟然成了画家。"他淡淡地说。

由此可见,许多才智是靠别人的鼓励才激发出来的。

而激发才智的时机,是靠言语创造出来的。

反之,那些自命"无才也无智"的人,只是没有遇到激发他才智的人而已。不过,现在也为时不晚,只要有人赞美你,就有可能唤醒你新的才智。

如此说来,赞美的言语,有时也具有改变人生的巨大潜能。

不妨试试看,表扬一下你身边的人吧。

夫妇间的对话，是不是相互赞美已经少得不能再少了？

日本男人退休后，就会立刻亲近妻子、依赖妻子，但并不是所有的妻子都会顺应丈夫的要求，与其和睦相处。其中，也有部分妻子怀恨丈夫曾经不顾家，算作报复地故意冷淡对待。就算不那么过分，但只要丈夫一在家，做妻子的就会觉得不习惯、不自在，显得焦躁不安、忧心忡忡。要去除夫妻间的龃龉，消除夫妻间的隔阂，美言说爱能派上大用场。

面对面难以启口的人可以写便条。积重难返、常年寡言少语的，可以从早晨的问候开始。重要的是开口说闲话，"今天的发型不错啊！""今天的早饭很好吃啊！"之类的。如果妻子听到赞美和颜悦色，你就会重新认识到言语的威力了。

出色的说爱能培养出良好的人际关系。先从身边人开始,然后再勇敢大胆地实践吧。

首先要去做,坚信自己能做到,勇敢地跨出第一步。

有了第一步,就有第二步。不久的将来,你的心中一定会绽放出白金般的光芒。

善于赞美和取悦女人,并不一定就是哄骗。讨好女人、说爱谈情,性欲上又能满足女人的,才是可爱的、性感的好男人。

男人再"花"也恋家，
女人再"忍"也会走

第九章

说来也许有人会觉得诧异,大体来讲,男人是藕断丝连、缠绵迷恋型的。

男人的浪漫主义本质,可以说是从缠绵迷恋中产生的。

也就是说,男人是背负着过去、想重返过去的。

日本演歌中,常见的歌词有"迷恋的女人心",其实应该是"迷恋的男人心"。

不争的事实是,民谣也好,演歌也好,歌唱"迷恋的心"很多,因为词作者大多是男性。

男作家才诉说迷恋之心和对过去的哀愁。

石原裕次郎曾唱过一曲《潇洒地分手》，只是唱得比做得好，强作欢颜罢了。

同样也是词作者，像阿木耀子这样的女作词家，从来就没写过缠绵迷恋的歌词。赢得唱片大奖歌曲的由歌手翁倩玉演唱的《爱的迷恋》，是这样唱的："头靠在这个男人的臂弯里，脑却想的是那个男人的梦，啊……"

"真不像话！"据说有男人还给报社写信投诉：要是现实中怀中的女人做的是和别的男人缠绵的梦，那真是太不像话了——这种愤怒可以理解。

只是现实中，这种现象比比皆是。更何况，男人身上也存在这种现象啊，有什么资格发牢骚呢？男人经常是在怀里搂着这个女人的时候，脑子里想着那个女人。不过，要说起这种情况，女人比男人是有过之而无不及的。

唯一不同的是，男人想的是过去的女人，女人想的是现实中的男人。

总而言之，男人这东西，比女人更迷恋过去，更回忆过去。

在现实中，某个男人与心仪的女人结婚后，还会秘密地珍藏着过去恋人的情书以及值得回忆的信物，很难与过去的恋人"一刀两断"，转向新的恋人。

看看女人吧，前男友的什么信件、信物、赠送的东西，全部——当然昂贵的宝石除外——彻底扔掉，然后奔向新男友。

可见女人不是背负过去,而是为了新的目标,抛掉一切。女人天性就这样,不这样斩断,就无法生活下去,于是一个接一个地,重重地打上"句号"。然而男人只是轻轻地打个"逗号",再转向新的开始。

总之,与男人相比,女人趋于"门前清",有洁癖倾向。

男人的这种缠绵,在日常生活中随处可见。比如夫妻吵架。"再也不回这个家了!"男的气哼哼地就往门外冲,但刚出大门,心里就会嘀咕"怎么也不追出来啊",然后一步三回头……

离家出走但还留有余地的例子真不少。

当女人一旦说出"我走了",大多会干脆彻底、身心不留地一走了之。

而男人如果离家出走,经常会缠绵迷恋,不久又会回来。

曾经发生过的那些骇人听闻的事件,男人们手持猎枪与警察对峙,大多是因为与前妻复婚不果而引起的。把前妻押作人质惹得四邻不安、发狠逞强,说到底不过是有恋母情结的男孩的骄奢撒泼而已。

如上所述,男人一时冲动愤然离家出走后,仍然会回来。也可以说有一种"回归本能",总之,回家的概率很高。即使气宇轩昂地仰头出门,一旦在外面混得不好、碰钉子了，即刻就会耷拉着脑袋可怜兮兮地回到妻子身边。

男人恋旧巢。就像游回出生地的鲑鱼，回归率很高，所以男人是"鲑鱼"。

但是，女性离家出走后就再也不会回来了。离家之前可能会左思右想地烦恼，而一旦离开，就绝不回头。从这个意义上讲，女人更像是游向大海一去不返的鳟鱼。这是男女间决定性的差别。前有菊池宽的小说《父亲回家》，但后无"母亲回家"的题材。如果妻子离家出走再回来，那倒也新奇独特，但是大都不能真实地描写。

那么，对于女人，浪漫究竟是什么？男人的浪漫，如前所述，是对过去的迷恋。而女人的浪漫，是燃起爱恋、追求爱恋的过程。

同是浪漫，男人是对过去的眷恋，女人是对未来的憧憬。

可以看出，男人的天性，是温和、天真，大体上不果断的。他们总是天真地认为：只要留有余地，婚外恋一下或是离家出走，总还是能回家的。

当然也有毅然决然离家而去的，那只因除妻子之外已另有归宿罢了。

胆敢毫无归宿仍毅然决然地离家而去的男人，还没生出来。

总结起来，女人的天性就是一刀两断，而男

人则不会。这是鲑鱼和鳟鱼的基本区别,也是男人和女人的根本区别。

中老年,特别是熟年一代的男女关系、夫妻关系,如果不彻底了解男女间的根本区别,很容易犯大错。

"分手吧。"等到妻子说出口时已经于事无补了。不如好好地抓紧时间与妻子进行日常交流,充分地理解妻子的心思。

熟年夫妇的悲剧,多是那些男人自以为是的浪漫和矫情引起的。

男人恋旧巢。
就像游回出生地的鲑鱼,
回归率很高,
所以男人是「鲑鱼」。

男人比女人更脆弱

第十章

男人和女人究竟谁更坚强？对此疑问，大多数人可能都会回答：是男人。

其实这大错特错了。准确地讲，更坚强的应该是女人，男人出乎意料地脆弱。

事实上，男女的平均寿命大约有七年的差距，男人比女人短命、早死。

认为男性坚强的最大理由，是因为男人从外表看拥有很夸张、很强势的瞬间爆发力。比如挥拳殴打、舞剑交锋，或是百米冲刺、提起重物等力气活，男人明显强悍。

但是要坚持不懈地做同一件事，即所谓耐力，男人就相当弱势了。男人特别缺乏从事单调枯燥工作的能力。纺织、编织类的工作，从来就是男人的弱项。更有甚者，仅仅干了几小时纺织就大为光火，把纺织机砸了。

男人不擅长需要耐力的单调工作，带孩子也不在行。要是小孩哭闹不止，男人一定会大吼一声"吵死了"，然后撇下孩子奔出房间。更有甚者，一气之下会打骂孩子。

有段时间，年轻父亲杀死小孩的事件成了话题，这全是因为男人容易动怒。动怒是体力下降的标志，老年人性子急，易上火也是这个原因。无缘无故地发火证明了体力的下降。

所以，不要急着抱怨说"父亲最近气急，爱发脾气，真讨厌"之类的话，而是要以一颗体谅的心去善待父亲："是不是爸爸也老了？"

除了气急，男人还缺乏等待心。比如发了短信或打了电话，若是对方没有立即回复，就会焦躁不安，即刻心情就不好。

但是女人不会因为这等小事而焦躁不安，她

们会一直等下去。不仅如此,女人还想象着相逢的愉悦,沉浸在等待的满足感之中。

不难看出,男人缺乏专一的持久力,还缺乏忍耐力。这些都显示了其生命力的脆弱。

日本有句俗话叫"一姬二太郎",意思是说生育子女,最好先生女孩后生男孩,这样带孩子好带。

其实这句话里也蕴含着这样的意思:女孩子天生体质好,好养。而男孩则不然,入睡后外面稍有动静,就会惊醒,翻来覆去,静不下来。加之在过去卫生条件还不是很好的年代,男孩常

闹消化不良，因上吐下泻脱水而夭折的情况很多。还经常感冒、发高烧，并且好得也慢。

观察一下男孩睡觉，身体老是不停地抽动。而女孩睡着后便纹丝不动。男孩很敏感，熟睡度也低。男孩的敏感有时是过于敏感，非常脆弱。只不过外表上骨骼粗大，被误认为强壮而已。

本来男女的平均寿命就有七年的差距，加之结婚时男的要大出三四岁，这样一来就是十年的差距。假设丈夫六十岁退休，那么妻子就比他年轻十岁。如此看来，要想夫妇共享旅行之乐的话，那得趁早。

"慢慢来,等过了七十岁两人再好好地一起去……"等到了这一天,恐怕丈夫已经体弱无法成行喽。

现成的例子就有一个。年过七十的他,带着六十五岁的妻子去欧洲旅行,在巴黎难得有一天可以自由行动。"那就到卢瓦尔河畔的城堡去走走吧!"妻子兴奋地拉起丈夫。"难得一天空闲,还是不要赶了。"结果两人只在饭店周围逛了逛。好不容易挨到晚餐,妻子想浪漫一下:"让酒店服务生介绍一下,去家有名的餐馆吧!"话音未落,丈夫已无力地回答:"算啦,附近哪儿有面馆?"

回到日本,妻子一肚子气:"再也不和老公一起旅游了,难得的自由活动,结果啥地方都没去。"

从此,妻子就把丈夫晾在家里,和老姐妹们

嘻嘻哈哈地旅游去了。

其实倒不是丈夫不想去,实在是体弱走不动了。毕竟丈夫和妻子有十年以上的体能差距,所以当然地,男的会先受不了。身体一弱,好奇心也淡,只想安静休息,妻子对此却并不理解,甚至丈夫自己也没有发觉。

这十年的体能差距,导致了丈夫理所当然地要"先走一步"。现实生活中也是这样,大部分做丈夫的,经常会望着妻子想:"啊,我是要在妻子的眼皮底下死去的呀。"但是做妻子的,几乎没有一个人想"在丈夫的眼皮底下死去",反而会想:"怎么办?我得一个人去面对十年的生活。"所以,一生规划的着眼点就完全不同了。妻子趁着丈夫健在,偷偷地藏私房钱,想想也在理。

夫妻相伴都过了七十岁的话,丈夫死后,妻

子肯定会悲伤。

但是丈夫死后半年到一年,"真是清爽多啦!"恢复了元气的遗孀,又神气活现地活了十年、十五年。这是很常见的事。倒霉的是做丈夫的。据统计,如果活到七十多岁时妻子先"走"了,鳏夫最多再活五年。这个统计还说明,实际上妻子长寿的概率是丈夫的两到三倍。

当然也有例外——死了妻子,丈夫照样身体很好。但讽刺的是,大多数这样的丈夫,不是在妻子活着的时候备受冷遇,就是被"放养"着,饱经自立的训练。

偏偏是那些受到妻子无微不至、体贴入微

照顾的丈夫，有朝一日只剩下自己一人时，无一例外地即刻衰老，像是追赶妻子似的，不久也"走"了。

可见男人啊男人，不管年龄大小，总想要人伺候，要人照顾。这种"撒娇天性"，正是失去妻子后急速衰萎的直接原因。

如此看来，男人这东西，其实是很脆弱的。男人看上去坚强只是因为瞬间的爆发力，而真正欠缺的是长期持久的耐力。做夫妻的，应该深刻理解这点。

然而，为什么男人变弱了呢？最大的理由又是什么呢？

可以想象在日本绳文时代和弥生时代,为了防范野鹿、野猪等野生动物的入侵,也为了守护家园,需要身体强壮的男人。进入战国时代,与外敌抗争,防范入侵,保卫家园,也需要男人。明治过后,日本发动了战争,更需要男人了。

男人的英勇,自然引来女人的钦佩和赞叹。但是现在,外敌没了,男人要做的,不是与人见见面,就是敲敲键盘之类的事务性的活儿。"英雄无用武之地"了。

一旦认识到女人也能做好事务性工作,男人的价值就贬了下来,同时,男人自己也失去了信心。随着夫妻、男女的角色分工越来越接近,"男人这东西也没那么强大"的负面信息就更加显眼了。

不过,还是不要忘了男女特性有别。需要瞬间爆发力的时候,男的绝对强大;需要持久耐力的时候,女人远远胜出。

理解了男女各自的长处与短处,男人女人,老公老婆,就应该扬长避短,和睦地、智慧地生活在一起,这才是最有意义的。

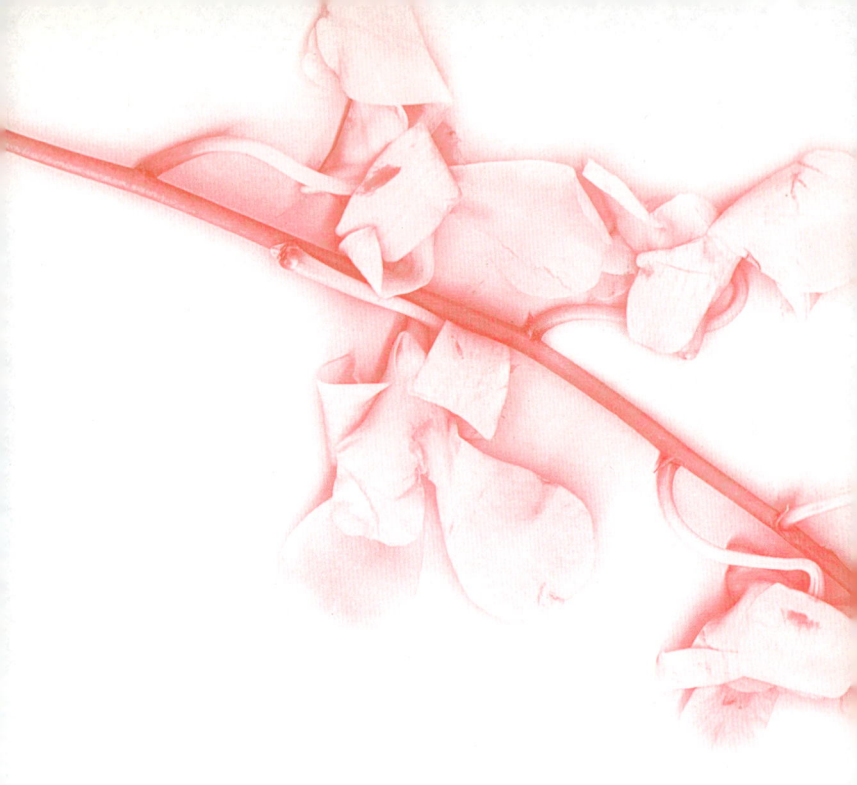

男人和女人究竟谁更坚强?对此疑问,大多数人可能都会回答:是男人。其实这大错特错了。准确地讲,更坚强的应该是女人,男人出乎意料地脆弱。

熟年的性情优势

第十一章

随着年龄的增长，容颜和外表的衰老无法回避。但是，仅就性行为而言，年龄增长并不一定会减分。

不，不仅没有减分，反而还能加分呢。

具体地讲，人活到五十、六十、七十岁的时候，体能衰退，勉强不得，这是毋庸置疑的。于是，很多男人都会这么认为，年老绝对是减分的。于是乎，与女性的交往和接触也变得缓和温柔起来了。

年轻力壮的时候，性的要求极端强烈，要求插入、射精的欲望占主导地位。然而对于女人来讲，很多人并不喜欢这种粗暴的方式。

女人们更希望被温柔地拥抱、接吻和抚摸。对于女人的这种合理愿望，性欲稍稍减退的熟年男人，正中女人下怀。

极端地说，只要是自己喜欢的人，哪怕仅有接吻和拥抱，女人就觉得足够了。比起笨手笨脚的插入，只顾自己射精就"到此结束"的行为，女人更陶醉于慢慢抚摸和喃喃爱语。单纯性行为之外的温存，更能让女人产生快感和兴奋。

从前，我曾经询问过作家八木义德老先生，那时他已八十多岁了，刚和一位二十多岁的年轻女孩结婚。

八木老先生豁达开朗，我也不顾是否失礼，直截了当地问道："八木老，您的性生活还行吗？""性交肯定不行啦，但是直至妻子入睡，我都一直握着她的手。"听了八木先生的这句话，我很是感动。

当我把这件事讲给女人们听时，女人们异口同声地说："太美了！""身边只要有一个能紧紧握住我的手的人，就很满足啦！那位老先生的

妻子好幸福啊!羡慕死了!"

性交的一切,不能代表性爱的一切。女人是用全部身心来感受性行为的。

二十一世纪初,像"伟哥"之类的男性药品被开发和销售,年事已高的老年人也享受起了性生活。但问题是,是否真能让女性身心愉快、舒适满足呢?

不顾女人感受,只顾自己爽快,完事便转身呼呼大睡的男人是绝对不会令女人满足的,相反只会增加她们的虚无感。

女人是感觉细腻、充满感性的。皮肤的感觉和感受很灵敏,除性行为之外也能得到满足。

相比之下,男人的感觉只集中在阴茎上。当女人被爱的人温柔拥抱时,从脖子到后背,从腹部到阴部,从臀部到大腿,身体的每个部位都可能成为敏感带。温柔地爱抚每个部位,才能真正提高女人的兴奋度,才能让她们迎来性高潮。

熟年一代的性行为，最适合这种慢节奏的做爱。

性交不是目的，慢慢地温柔爱抚才重要。不慌不忙、慢慢腾腾——年老的优势才有可能发挥得淋漓尽致。

男人总是痴心妄想：最好是男根巨大，雄壮有力。这大概是因为看多了无聊的黄片而产生的错觉。

总之，男人的快感都集中在阴茎上，所有的思维都过度寄托在阴茎上。女人不同，全身都有可能成为敏感部位。如何使特性相异的两者慢慢调和、慢慢融合，这种能力是随男人年龄的增长而增长的。为此，熟年男人应该更有自信。

二十一世纪初，有个时髦的说法叫作"慢爱（Slow Love）"，大概就是指缓慢的性爱更能引起女人的兴奋，使其产生更强的快感。当然这是建立在对男人的尊敬和信赖的精神基础之上的。

年老体衰，精力不济，动作迟缓，作为男人自然是减分不少。但是，就性行为而言，并不都是劣势，反而更有优势。

男人应牢记这点，信心十足地与女人交往。即使是身体已不那么健壮，但是这份"弱势"可以转化成温柔和体贴的"优势"，照样能充实女人。

年老体衰,
精力不济,
动作迟缓,
作为男人自然是减分不少。
但是,
就性行为而言,
并不都是劣势,
反而更有优势。

对"上钩的猎物"也要多关心

第十二章

"上钩的鱼不用喂诱饵。"

男人们津津乐道,女人们听了却咬牙切齿。不过,这倒是男人的真心大白话。

大多数男人,为赢得女人的芳心,初恋的时候,真是诚心诚意、体贴入微,不惜时间、金钱,十八般武艺,只要能用的全都用上了——竭尽所能,拼命地为追女友而献身。

但是这种状态,好景不长。

随着恋情过后,爱情的火焰燃尽,取而代之的是"消极怠工"和"偷工减料"。男人,心定了,本性出来了;女人,把深藏不露的恶习、邋遢样,还有反抗,一一摊牌了。

两人要结婚要住在一起,这也是没有办法的事。但是各自身上最真实的东西晒出来越多,小两口之间感情的张力就越小,爱的"高温"慢慢冷却。

特别是男人,老婆到手后,就再也没带她去过高级餐馆,送她礼物,更不会一起旅游,开始马虎敷衍了——果真是"不喂诱饵"了。

恋爱就像瞬间的幻影,要想经得起岁月的冲刷,始终保持爱情的温度,真是难上加难。

听到这话,大多数女人紧锁双眉,长叹失望。老实相告吧,初恋男人的所谓温存体贴只不过是为了满足自己性欲的幌子而已。

在得到满足之前,男人都会尽其所能关爱备至,一旦心满意足,便轻易地转向冷淡。

这种自私,与其说是男人的天性,不如说是雄性动物的本能。也可以说是男人与生俱来的素质。

恋爱,是男女的"非日常"生活,而结婚则是男女双方把什么都晒出来的"日常"生活。因此,倦怠疏忽的影子总是隐藏在某个角落。

另外,倦怠与安逸又互为表里。

也就是说,一旦获得了安心的愉悦,其代价,就是要放弃动心的兴奋;而要想追求动心的兴奋,又得不到安心。安心与动心,两者不可兼得。

重申一遍,恋爱中的男人竭尽所能的表现,其实是想把女人占为己有的用心所在。若是无此欲望,是不会带着女友去高级餐厅、去开车兜风的。

要是约请了几顿饭,仍不见女性有发生性关系的意向,一旦确认自己没有机会,男人便立刻醒悟过来,变得冷淡,再也不会约请吃饭了。

一旦判断得不到对方,男人当下就翻脸不认人了。

爱火的燃烧与熄灭,并不一定与交往女人的容貌和性格有关。是否有追求的价值,基本取决于能否成为性的对象。

换句话说,对于女人来说,男人的所谓体贴是与性欲相关联的。正因为两人有肉体关系,或是处于之前的准备阶段,男人才会对女人关爱有加。

"狩猎"本能强烈的男人,一旦进入家庭的围城里,自然会对妻子失去兴趣,因为不必担心妻子会逃跑。对召之即来挥之即去的"猎物"失去兴趣,也是很自然的事。

"上钩的鱼不喂诱饵。"这是男人的真心告白,但对女人来说,没有比这更寒心的事了。

"以前是那么体贴,可现在……""一结婚,像是完全变了一个人似的。"女人叫苦不迭,长吁短叹。

当女人如此抱怨时,男人应该采取何种态度呢?

"脱胎换骨,以后定会体贴你的。""对不起,以后会注意的。"即使好话说尽,结果还是换汤不换药。

就算是看到妻子满肚子的不开心,应急地安慰一下,也只是一时搪塞,不久便又"消极怠工"了。

那么,遇到这种情况,丈夫到底该怎样做?

这种时候不应忘记一点：虽然嘴上说"上钩的鱼不喂诱饵"，但并不意味着就此而讨厌妻子。

虽然不会像热恋时那样认真投入，但仍然珍爱着妻子，没有丝毫要分手的意思。

而且，多数妻子也不会因为丈夫对自己关心不到位就马上要分手。

在这种关系中起关键作用的，还是言语。就算不带妻子去高级餐厅、去旅行，用言语也足以让她安心和宽慰。

"我爱你！""今天好漂亮啊！"这种话就足够了。怕羞说不出口的话，那就轻声说一句"谢谢你"或者"多亏有你"，这也足够了。

此时，别太过认真，自然随意的话语就够了。

总之，轻松表白是秘诀。

日本受儒家思想的影响，"巧言令色，鲜矣仁"等名言广为流传。但是这句话仅适用于服侍君王的奸臣身上。如今百姓之间，特别是男女之间，应该轻轻松松地说一些令对方心情愉悦的"巧言"。

这是人际交往的润滑剂，更能引发对方潜在的、处于休眠状态的能力。

看看现实中，日本的夫妇，尤其是熟年夫妇，基本上不怎么交流。

某日去京都出差，早晨去餐厅，发现一对对情侣在用餐，当然也有熟年情侣。但哪一对是夫妻，一看便知——定是默默无语只顾吃饭的那对。

难得来京都，随便说点与旅行有关的话题也可以，哪怕没话，"汪"地叫一声也好……可两人还是坐在那里默默地吃着。吃完，那个做丈夫的无所顾忌地开始用牙签清理牙缝，接着喝口茶，"咕噜咕噜"地漱口。最后，两人站起身走了出去——跟在丈夫后面默默离去的妻子脸上，写满"我对这个男人腻味透了"的神情……

这太煞风景了，太过凄凉了。

看看那对年轻的情侣，轻松愉快地欢谈着，偶尔还发出爽朗的笑声。

或许默默无语的熟年夫妇曾经也有过那样的时光，难道是岁月使他们默默无语了吗？

还有一对很引人注目：男的看上去有把年纪了，却很愉快地谈笑着。很明显，那是恋爱中的一对。

瞧人家开心聊天的样子，恋爱对身体有益，你说是不？

总之，希望熟年夫妇能够多交流。

没必要再多说啦，咱俩一个鼻孔出气——那叫默契。也许这是男人的理论。妻子可不这么想。总之，要多对话。哪怕说些没意思的话。

没话找话，赞美妻子一句："你今天真漂亮啊！""又来了，这人有毛病噢！"妻子也许大吃一惊，但这只是起初。

说多了，听多了，天底下没有一个女人会不开心的。慢慢地，她会从内心发光，年轻精神起来。这正是白金一代所拥有的光芒。

遗憾的是，日本男人要么太内向，要么太认真、太呆板，反正不会说"假话"。

如前所述，必须适应新时代的要求，一视同仁地倾洒甜美愉悦的话语。不管她是已"上钩"、没"上钩"，还是自愿"上钩"的……

切切记住，千万不要过于认真、过于深沉。不抛开害羞和老实，就没有轻松愉快之感。

特别是赞美时,没必要非盯着对方的脸。毕竟到了一把年纪的时候,再怎么仔细端详老伴,也看不出什么美来。因此,说这种话的时候,不看对方,反而会妙不可言。

假设星期天的早晨,丈夫早起在看报,恰好这时妻子起床了——刚起床的脸,可想而知。此时丈夫大可以头也不抬地继续看报,然后说:"早安老婆,你今天好漂亮呀!"重要的是先开口,说什么不重要。

不必担心话会越说越少。话,说得越轻快,感觉会越好。

"又在胡说了……"妻子也许会白你一眼。但其实讲归讲,只要是赞美的话,女人都爱听。沐浴在赞美声中的女人，的确会越来越美，越来越有女人味。

如果还不肯开口，认为"那种话说不出口"而退缩的男人，不妨回忆一下在公司里拍领导马屁时的情景。对领导都说得出口的话，哪有对妻子说不出口的道理？

用"溜须拍马"的要领说让妻子开心的话，在重复锻炼的过程中，自然就懂得赞美的要诀了。

女人就是这样，被"好漂亮啊！"包围多了，自然就会漂亮起来；若是遭人斜眼，真的会越来越丑。

言语就是有如此的魔力。

日本男人有个陋习，经常称自己的妻子为"愚妻"，贬低自己的妻子。这样"愚妻""愚妻"地叫下去，真的就会变成愚妻的。其实，习惯这么叫的丈夫，才是真正的愚夫。

总之，赞美妻子来不得半点犹豫。

顽固不肯开口的丈夫，告诉你们一个简单说出口的小窍门。

那就是："不用心"。

是的，千万别"用心"，这样一来什么话都说得出口。这是夫妻美满的关键，再也没有如此廉价又实惠的东西了。

说到礼物，总让人联想到贵重高价的物品，然而言语就是最好的礼物，是最直接打动人心的礼物。

结婚纪念日、生日，对女人来说，是终生难忘的日子。而男人一旦"钓"上女人娶回家，最容易疏忽的就是这些日子。不妨事先记在记事本上,日子快到的前两三天,你的一句"马上就要到结婚纪念日了"足以令妻子笑逐颜开。

尽管言语是最好的礼物,然而对女人而言,在特别的日子里,除语言之外,送礼物还是很重要的。不一定要送多么昂贵的礼物,重要的是送与不送。

一朵玫瑰,一瓶指甲油,抑或是一张从旅游景点寄回的明信片,都没有关系,重要的是让她知道:"牵挂你的人是我。"

"那男人,是个嘴勤的家伙。"有人会用揶揄的口吻这么说。然而嘴勤是了不起的才能。比起所谓在社会上高人一等的男人,女人更喜欢嘴勤的男人。

学会嘴勤,学会美言,学会送礼。

温柔的言语、微薄的礼物，要做到自然而然、水到渠成的窍门就是"不用心"。这在第七章有关"女士优先"的内容中也讲过，"不用心"地做到——只要说句话，只需要送件礼物。

也许有人认为，"这是不是也太……"。是的，别小看它，能做到这样就已经足够了。这些轻微细小的举动，由小到大，慢慢地就会绽放出丰硕艳丽的花朵。

为什么还要去讨好妻子？顽固的男人时常抱怨："我不是也辛辛苦苦地挣钱，很好地养活她了吗？"

算了吧，还是对妻子温柔体贴点，送送小礼物吧——也不想想退休以后的退路？别再效仿古人瞎逞威风："跟我走吧，保你吃香的喝辣的。"瞧瞧退休后的你，收入少了，朋友也少了，多寂寞啊。

也就是在退休的当头，妻子对于丈夫的反击开始了。长期以来压抑复压抑的怨恨可能一下子就会爆发出来。

而此时，长久以来对妻子关爱的话语和不起眼的礼物就能派上大用场了。"以前丈夫对我不错，现在我也该好好地待他。"妻子的温柔善良重放异彩。

夫妻，本来就是你扶我持地携手走过来的，互相体贴关怀，一定恩爱圆满。

也许有人会诧异："什么啊，这不是打小算盘吗？"是的，这就是"小算盘"。

但是，投桃报李，小恩小惠，你对我体贴关爱，我还你温柔照顾——人情，在"小算盘"发明以前，早已是人类共有的了。

一朵玫瑰,
一瓶指甲油,
抑或是一张从旅游景点
寄回的明信片,
都没有关系,
重要的是让她知道:
「牵挂你的人是我。」

出版后记

《优雅老去》是日本作家渡边淳一于2008年在日本出版的随笔集。在书中,渡边淳一提出白金一代的健康法,倡导人们击碎对衰老的既成概念,挣脱"人生只能如此"的桎梏,不自卑,不自负,也不羞怯,优雅地与人生谈恋爱。

本书是渡边淳一依据日本社会的风俗世情写成的,语言风格比较大胆,部分观念和情况与我国社会世情存在一定的差异。读者在阅读时,请注意甄别对待。

出版者